KB122142

은행나무 거목 옆에 서서

尹汝一 詩集

은행나무
가슴앓이

그늘

서시

　　하나의 울림이고 싶어서

나 홀로 걸은 것 같았으나
결코 홀로가 아니었음을 알고
기뻐했습니다
타자(他者)들은
또 다른 나의 존재임을 알았습니다

타자들의 울림이
내 가슴에 와 닿을 때마다
눈물나게 정겨웠습니다

그 울림의 생명들이
얼마나 소중한지 정갈스레
서 항아리에 담고 싶어서
제깐엔 깨나 몸부림을 쳤답니다

　　　　　　　2007년 9월 4일
　　　　　　윤　여　일

차 례

꽃의 소리

제3부
비둘기 나라에는

제 5 부

겨울나기

제 1 부

주목의 답변

큰 나무 옆에서

나무가 세월 앞세워
가고 있네
오직 한 길
그 길은 제자리

거기서
좀더 가까이 하늘로
다가가는 거라네

나는 세월만 파먹고
제자리 하나 지키기 버거워하네
이리 닿고 저리 닿기를 일삼다
지쳐버렸네

나무는 아무 말 없이
몸살나게 제 몸 흔들며 올라가네.

잠시 서보며

한 발도 못 딛여놓던 나
내 어머니 등골 빼먹고
여기에 왔네

까막눈 틔워주려
그 많은 스승님들의 속태우고
그 덕분에 여기까지 왔네

환갑이 넘었어도
여전히 제구실 변변히 못한 채
여기에 왔네

은행나무 거목 옆에
잠시 서보며
눈 감고 되돌아보았네.

수수꽃다리 향

별이 뜨면
너는 홀로
네 젊은날의 옛 추억의 나라로
무작정 떠나는 습성이
언젠가부터 생겼지?

그 옛날, 너의 가슴을 달콤새콤
파고들던 그 때 그에게 빠지면
오월의 밤은 어느새
온 세상을 하얗게 뒤덮어놓고

젊은날의 옛 향기로
뼛속 깊은 곳에서 빠져나오질 못하겠구나

그 바람에
네 몸에서 풍기는 그 향내에
너를 바라보던 별들도
가슴 두근거리며 눈 깜짝거리는구나.

회양목 향기

늘 그랬듯이
눈에 선뜻 띄는 꽃이 아니라서
하도 작아 그냥 지나치려다가
쌀쌀한 날인데도
벌이 들락 날락 하기에
잠시 멈춰 보니 양지 볕을 등에 지고
회양목 향을 퍼담고 있지 않은가
내게도 이만한 향이 있으면야
뭘 걱정하겠느냐 마는.

흰머리 불두화

너는
은행나무처럼 암수 나무 따로따로
사는 것도 아니고
소나무처럼 한 몸에 암수 꽃 따로
지닌 것도 아니고
장미처럼 한 꽃송이에 암술 수술이
함께 있는 것도 아니다

너는
수술 암술 없이 흰 꽃잎만
무성한 무성화(無性花)라면서?
그래도 벌 나비 찾아드니
네게 있는 향은 어떤 것이냐?
하기야 성(性)의 뿌리를 끊고
도를 닦으면 틀림없이 하얀 향이 나오겠지

그런데 무슨 고민 가득하여 머리가
그토록 빤한 틈 없이 희여졌느냐.

능소화

죽은 고목나무에 새순이 돋듯
잎을 내면 기적의 숨소리를
듣는 것만 같구나
그 숨소리
시한부 인생들에게 새로운 생기를
불어 넣어 줄 수 없겠니?

너무 진녹색이 아니어서
네 잎마저 생기가 돋보이는구나

손에 든 트럼펫 소리로
누구를 위하여
팡파르(fanfare)를 울리려느냐
몸에서 땀내 진동하고
어깨가 축 처진 일꾼들을 위하여
시원스레 불어주렴
한낮에 처진 풀잎 위해서도
생기가 나도록 노래 불러주렴.

늘 청청하다는 것은

소나무가 삶을 다한 제 잎새들을
남이 볼까 무섭게
제 발 밑에 살그머니 내려놓는다
화려한 장례식은 입에 담지도 못하게 하고
야트막한 비석도 꺼내지 못하게 한다
티끌이 티끌로 돌아가는 것이
뭐가 대단하냐고 한다

꽃과 열매로 나대본 적 없다

서슬 퍼런 추위에
눈꽃 머리에 이고
청청히 서 있으면
온 세상이 거룩해 보인다
하늘의 뜻을 지키러 온 꼿꼿한
하늘의 사신(使臣)같다.

소나무 비늘 일성(一聲)

제 몸에 비늘을 달고 있는 것은
번개치고 천둥치고
폭우가 그치지 않는 날
잉어 되어 하늘로
뛰어오르려 벼르고 있는 중

푸른 하늘 위에 푸른 강
거기서 청청히 살고파
눈 거기에 걸어놓고
늘 푸른 마음 지니고 기다리는 중.

늙은 소나무의 말

늙으면 늙을수록
겉은 낡아지지
하나, 내 피부를 보게나
더욱 더 핏기 정정하지 않나?
볼그레하게 말이지

나이 들수록
하늘길 바라보면
마음의 기운은 어디서 오는지
성성해진다네

한라산 설악산도
하늘 가까이 있어서
늘 영산(靈山) 그대로
정정한 거지.

송화 다식

노란 꽃무늬 달고
송화 다식이 다식판에서
쏙쏙 빠질 때
어릴 적 내 눈도 다식판에서
쏙쏙 빠져나왔지

대낮의 태양보다 더 밝아진 눈으로
할머니의 눈치만 살폈지

입에 들어갈 때마다
온 방은 솔밭 천지 되었고
그 때로부터
지금은 너무 아득히 멀구나.

한맺힌 왕자의 화신

— 자작나무 이야기

왕위에 오르지 못해
제몸을 흰 명주실로 꽁꽁 동여매고
큰 구덩이에 목숨 팽개쳐 죽었어도
그 뽀얀 살갗
흰 비단옷은 썩힐 수 없어
한 서려 두고
슬픔 폭 절여
흰옷 영영 벗지 못한다 하네

자작나무 몸에 왕자의 옷 살려놓고
살강거리는 바람결에
옷단만 살포시 들썩이네

보는 이들은 그저 아무 생각 없이
자작나무 숲에서 살고 싶다 하네.

자귀나무 꽃바람

소낙비 썩 물러가니
하늘 창문 활짝 열렸네
어느새 꽃구름 송이송이
살포시 내려와
하늘에 이내 시선 떼지 못하고
방금 온 선녀
막 춤바람을 일으킬 참이네
꾀꼬리는 신나게 노래할 참이고
뻐꾸기도 제 박자로 장단 맞출 모양이네
구경 나온 이들
오늘만 기다리고 있었다 하고
얼굴들 참 밝아 보이네

세상 모든 바람이
자귀나무 꽃바람만 같았으면 좋겠네.

산수유나무 대추나무

산수유나무
함박눈 된서리 아랑곳하지 않고
잎새보다 꽃부터 내자고 하네

대추나무는
호박잎이 손바닥만 해져야
죽은 듯하다가 잎을 내네

이렇건 저렇건
다 그 나름대로 그러려니 여기면
헐렁한 웃음 새나오는 것을.

엄동설한 주목

황금빛 자랑, 불덩이 같은 정열
잎새들 다 지고나서
스산한 바람이
시린 하늘 허공에 오돌오돌 띄웠을 때
서리꽃 머리에 얹고
칼바람 등에 업고
높디높은 산 위에서 푸른빛
정정히 내며 서 있는 게
하나의 즐거움이라네

몸 속 심재(心材) 안에 든 화롯불로
추워서 못 살겠다는 세상을
녹여주고 싶다 하네

코, 귀, 볼 떨어지는 시퍼런 칼바람
안고 지친 나그네 등에 업고
저 산 넘어 가겠다 하네.

주목의 답변

구름도 안개도 머물러야 하는
해발 천 미터가 넘는 높은 산이
좋아 사는 것은
신선이 되고 싶어서냐고 했더니
그렇지 않다고 했다

다른 나무들 그늘 밑에서
다 쓰다 남은 햇볕을
주워담아 쓰는 것은
절약의 미덕을 보여주려고 하는 것이냐고 했더니
그렇지 않다고 했다

그러면 무엇 때문이냐고 물었더니
자기 태생(胎生)대로
사는 것 뿐이라고 했다.

메타세콰이어 옆에서

지금으로부터 이억삼천만 년 전
중생대부터 공룡과 더불어 살았다는
그대여,
지금 그대 옆에 서 있노라면
그 시대로 돌아간 듯한 착각이 든다네

중국 상해와 북경간 철도변에 줄지어
메타세콰이어 녹색 만리장성이 서 있다지?

그대 옆에 있으면
과거와 현재, 미래가 통합된
중생대 시간 속에 빠져 드는 것 같네

메타세콰이어 나이테 속에 든
역사를 읽으려고
잠자리가 날아와 앉아 있네.

단풍나무 이야기

가을산에 단풍 들면
사람들 옷에서 시샘이 많다
손가락 모양 단풍 잎새
손짓하면 무작정 눈을 판다

지조 상위 시대는 가고
변신 우위 시대가 왔다
단풍의 인기 절정

임진왜란 때 가등청정이 가져간
슬프디 슬픈 단풍나무
일본의 신목이 되어 건너갔는데
요즈음 조경 바람에
일본산 노무라 단풍 빼면
조경이 안되는가 보지?

단풍철에 선열들의 붉은 피도
기억하면 어떨까?

지상에서 가장 오래된 나무

온 세상에 피붙이 하나 없는
외로운 나무
이름도 많아

서양에서는 은빛살구, 처녀머리
중국에서는 공손수(公孫樹), 백과목, 행자목
우리나라에서는 은행나무
학명은 깅쿄빌로바

양평 용문사의 은행나무
천백 살이 넘었단다
동양에서는 가장 큰 은행나무

오래된 나무에는 좋은 이야기가 많다
모두 다 오래된 나무는 착하고 착하다

왜 오래 사나 했더니
햇볕 좋아하여 밝게 살고
뿌리 깊게 내려 심지가 굳다네

불에도 추위에도 강하니 인내심이 강하다네
무엇보다도 선한 일을 많이 한다네

나는 얼마나 더 살라나?

고로쇠나무 이야기

옆구리 뚫려
하얀 피 흘리네
119 불러도 다 귀먹었네
신음소리 산 넘고 넘어도
그 옛날 선한 조상이
신라 병사의 목타는 갈증 풀어준
죄값이 이렇게 큰 줄이야
대대손손 수난을 당해야 하는지.

하얀 목련꽃 속엔

파란 하늘
무한 활짝 열려 있고

하늘만 바라보는
하얀 꽃송이들
가득가득 신비를 품었어라

흰 옷자락 펄럭펄럭 나부끼며
금방이라도 승천할
선녀들이 채비하였어라

거기 얹혀 있는 내 눈은
하얗게 눈이 부시고 부셔라
내 가슴은 금방 터질 듯
점점 조여들고 또 조여드네.

떠나고 싶은 심정

노란 은행나무 잎새
빨강 단풍 잎새들
참나무 잎 밤나무 잎 붉나무 이파리들
울긋불긋 한데 범벅 어우러졌네
솔잎 더욱 빛나게
청청하네

석양빛 주루룩 펴진다
단풍보다 더 울긋불긋
등산객 등어리들 어른거리고
무작정 방황하고 싶은 마음
왜 이렇게 주체할 수 없이
들쑤셔 들썩일까
마땅히 갈 곳 없는 이내 신세를
어쩌란 말인가

차라리 참고 참았다가
나뭇가지 적나라할 때
흰 눈 발자국 남기며

오솔길을 나 홀로
발이 부르트도록 밟으며
수묵화 속의 나그네가 되어
무한히 가는 길로 떠나자고
미루어보자 좀더 미루어보자.

수난을 당한 자목련

세상에 이런 일이
자목련의 몸을
톱의 이빨이 물어 뜯고 있을 때
그 붉은 피 살아서 펄펄 튀어
내 앞가슴으로 곤두박쳤었소
그대 자목련 그냥 그대로 태연하여
내 가슴 더욱 아프게 찢어졌다오

거룩한 순교자라고
그렇게 순순하진 않았을 거요
지금은 몸 이 곳 저 곳
잘려진 채로 옮겨진 여기에서
또 순순히 잎을 내고
꽃을 피울 참이니
그대의 생명
하늘 맞닿은 수평선 저 넘어
길고 기네요
아무 원망도 없이 영원하네요.

은행나무에 기대어 서서

이 나그네가 묵는 집 앞에
몇 안 남은 은행나무 잎새마저
간밤에 분 바람이 거둬갈 게 뭐람

돌고 도는 이 몸, 이 나그네
어쩌면 그렇게 간밤에 떠난 잎새들이
나를 똑 닮았을까

가난이 복이다
나직히 되뇌어보면 좀 나을까 했지만
나약한 불안감 떨치기에는
턱없이 모자라 어림 없었다

한아름 넘는 네 풍만한 몸통을 보면
네게 잠시 기대어 서 있기만 해도
의지가 될 것 같았다
네가 너무 부러워서 그저 기대어 본다.

음나무 꽃이 피면

음나무 꽃이 피었네
음나무 꽃이 피었네
누릇누릇 탁 튀지 않게 피었네

수많은 일벌들이 일자리 찾았네
소문난 일자리
누구도 선택 받지 않고도 취업을 했네

모두 들떠서 날개치는 바람에
예순 남짓한 거목이
사뿐이 날아오를 것만 같네

단 한번도 임금 체불 없었다네
노사분규란 용어는 사전에도 없다네
음나무 나라는 임금님 없는 노동 천국!

음나무 씨 영글 때

음나무 씨 영글면
온갖 새들이 몰려오네
낫질 홀테질 도리깨질 키질
절구질 맷돌질 방아찧기에
부산하다

새들이 음나무 씨 입에 물면
씨알도 날개를 단다
씨알이 새의 뱃속에 있으면
어느 산에서 살까 꿈을 꾸어도 좋다

씨알이 새가 되어
날아다니기도 한다.

밤나무 아래 가을 풍경

        툭
떨어진다
    밤이

행인의 발걸음을 세우고
떼구르르
굴러가는 밤을 따라
눈동자도
데구르르 같이 구르게 한다

    밤
집어들어
보며
행인의 목숨도 언젠가는
        투
        ㅣ
        욱
떨어지는 소리 듣는다

저무는 석양빛이
예감을 비춰 준다.

느티나무 사랑

집 앞뒤에 느티나무
한 그루씩을 심었습니다

좀 잘 생겼다고 해서
집 앞에 심었습니다
좋은 자리 보는 눈이 서로 달라서
수시로 대우받으며 옮겨졌습니다
결국 얼마 전에 죽었습니다
별로 크지도 못하고 죽었습니다

못생겼다고 해서 집 뒤에
아무렇게나 살면 살고
죽으면 할 수 없지 하고 심었습니다
처음 그 자리에서 지금은 30년이 지난
아름다운 거목이 되었습니다

어떻게 해 주어야
나무사랑인지?

존재 이유 있는 숯덩이

불 속에서 다시 태어나
까만 역사 그대로
살아 남아 있겠네

파란 창공에다
까만 역사 낱낱이 풀어 보이려고
살아 남아 있겠네

이 하나만의 이유로
수천년 거듭해도
시퍼렇게 살아 남아 있겠네.

침묵과 생명

나무야 나무야
언제나 그 자리에서
가슴으로 기억해 둔 이야기들
한번도
입 밖에 내지 않으니
어쩔 셈이냐

흙은 침묵의 실체
거기에 입 파묻고
내, 세상에 입 여느니
차라리 죽음을
택하겠다 하는구나

이제 보니
그대의 생명은
침묵이었소.

제 2 부

꽃의 소리

언제나 목타는 바다

아무리 고요하려 하나
여전히 출렁대고 있네
아무리 참아보려 하나
여전히 출썩대고 있네
아무리 이기려고 하나
여전히 넘실대고 있네

쉴새없이 흘러드는
그 많은 강물
벌컥벌컥 들이키나
타는 목으로 몸부림치네.

예술이 사는 빈 집

흰눈을 밤새껏
뒤집어쓴 빈집 앞을 지나다가
내 눈길을 끄는 것이 있어
발을 멈췄네

그 앞마당에 가지런히 깔린 눈 위에
쥐 한 마리가 바삐 끌고 간 발자국이
너무 인상 깊어서였네

어느 서예가가
하얀 눈 위에 하얀 선을
저렇게 살아 숨쉬게
그어낼 수 있단 말인가?
옴폭옴폭 패인 선에
햇빛이 고여 출렁였네

오래 묵은 폐가 부엌 앞
아카시아 나무에 앉은

박새 부부
아침 햇살을 조리질하고 있었네.

그리움의 별

그대 떠난
빈 자리

캄캄한 밤이
차지하고 있네요

그대 그리움의
별

내 마음에
루비로
총총 떠 있네요.

가슴 태우는 봄비

부슬부슬 내리는
봄비를 맞으며
앞산은 물러나네
저만치 희미하게

그리운 얼굴들
점점 다가오네
어느새 눈물 고인
눈에서 어른거리고

비에 젖은 그리움에
타오르는 이 가슴
어찌할 수 없네.

벚꽃에 달빛이

달빛에 흠뻑 젖어
주룩주룩 흘러내리는
빛깔이
서글퍼도 화사하니
이 어찌된 일인가

주의깊게 부는 바람이
마음 한 자락에
꽃비를 몰고오니
서글픈 생각이 쌓이는구나

한 줄기 하얀 달빛
내려오는 꽃잎 타고
그리운 얼굴 얼굴들
꽃잎에 새겨 보여주는구나

달빛 늪에 빠진 나는
빠져나오려고 몸부림치지만
더 깊이 빠지는구나

달빛
벚꽃
마냥 화사하고
나는
홀로
끝간데 없이 슬퍼지네.

흰장미꽃 위에 이슬아

아무 색도 없이
흰 장미꽃에 이슬이 앉았구나
아침 햇살에 영롱한 모습
오묘하구나
흰 장미꽃은 더욱 희여 곱고

잠시 앉았을지라도
차라리 시들 기미는
보이지 않아 얼마나 좋으냐

질기디 질긴 이 목숨에
서러운 아픔
순간이래도 좋으니
네 등에 업히면 어떻겠니?

꽃의 소리

꽃을 보아라

귀도 코도 눈도 가리고
입만 크게 열려 있지 않은가
그 큰 입에 귀를 기울여 보아라

마음구멍에 열쇠 넣는 소리
들리지 않는가?

꽃을 볼 때
마음문 자연히 열리는 것 보면
알만하지 않은가?

노란장미와 가시

노란 장미의 눈에
아침마다 눈물이 괴었네

한낮이 되면
눈물 거둘거라고 해도
떨치지 못할 슬픔이야
어찌 가셔낼 수 있으리

온몸을 날카로운 가시로
중무장했다고 하지만
너무 어여쁘다 하여
여지없이 목이 잘려야 하니

노란 장미의 가시는
한낱 서러움의 표지일뿐.

노을빛 먹고 나서

봄 여름 내내
먹어 둔
아침 노을빛
저녁 노을빛

가을에 와서는
단풍나무 잎새들
노을빛 다 토해야
하얀 겨울 여행을
떠날 수 있나보네

빛을 먹어 빛을 토한다
그래서 아름다운가?
토하는 고통은 산고
보다
비할 바 아니고.

허물어진 경계를 보며

한 호랑나비
남의 구역 넘보다
혼이 나 쫓겨갔네

제 구역 지키고 온
호랑나비
상상 못할 한숨을
죽도록 뿜어야 하네

포크레인이 허문 경계
어찌해야 하나
숨막히네
제 구역에서 길 잃었네

이제는 오직
한풀이 날개짓 뿐인가.

연천의 저녁빛

화들짝한 아침과
무겁게 짓누르던 대낮을
양손에 끌고
긴 그림자는 서산을 넘어간다

사격장에서 쏘아댄
대포소리에 질린 까치
전봇대에 잠시 앉았다가
둥지로 향하는 날개짓이
어찌나 그렇게 버거워 보이는지

날이 가면 갈수록
길게 늘어진 사람들의 그림자는
희미한 저녁빛에 서럽다

북쪽으로 가로놓인
가시철망의 그림자는
언제 묻힐는지.

차탄천 흘러가는데

예나 지금이나 묵묵히
차탄천 굽이굽이 흘러가네

진달래면 진달래
철쭉이면 철쭉 가득했다던
그 옛날 꽃봉산 물그림자 흘러
어느 바다 속에 묻혀 있다가
언제 다시 살아 올라올까

6·25의 핏물 그림자 흘러흘러
어디에 얽매여 있다가
핏값 찾자고 악몽 되살리지나 않을까?

또
어떤 물그림자가 기다렸다
흘러갈 것인가

지금은 왜가리 한두 마리
적적한 물그림자라도 있어

그나마 다행이지만

물그림자는 아주아주
옛 물그림자가 물그림자인 거라.

어느 수닭 세상

양계장에서 병아리 이만 수 가운데
수평아리 25수가 성 차별로 버림받았을 때
너무 가여워서 데려와 키웠지
얼마나 예쁘고 귀여웠던지
보기만 해도 행복했지

볏과 꼬리 깃이 웬만해지고
제법 수닭의 꼴이 나오고 있을 때

눈만 떴다 하면 후다닥 후다닥
피를 보자는 싸움 끝이 없었지
닭장 안에는 상처와 파괴 공포 불안으로
온통 뒤범벅이었지
밝은 대낮인데도 어둠이 돌고 있었네

제일 먼저 우는 서열 1위는
서열 2위가 우는 것을 허락하지 않았네
서열 2위는
서열 3위가 우는 것을

못보겠다고 했네

한더위 복 때
사람들은 서열 1위부터
잡아가기 시작했지
"고놈 참 맛있게 생겼다"
입맛을 다시며……

벼슬 세상에서는
서로가 서로의 울음을
들어줄 수 없다 하네
오로지 벼슬만 세우려 하네.

닭장에 모이를 주며

모이를 넉넉하게 주고
끝까지 지켜보았지

처음에는 전운마저 감도는
아귀다툼이 심상치 않았지

조금 있으니
제일 강한 자의 순으로
다 먹고 돌아선다
가장 약한 자가 나중에 남아
평화를 먹는다

모이통만 남고
거기 그 모이는 공동의 풍요
참새도 편히 먹고 떠난다

닭장 속 벼슬나라의 법은
이러했다.

이보시오 양반네들

산적들이 배고프게 살던
시절이 있었던가?

표심 긁어모아
빚쟁이 사장 울궈먹고 사는
양반네들
이제는 가랑잎을 긁어 모아
고구마를 함께 구워 먹는 낙을
즐겨봄이 어떠한가

밤이면 눈에 불을 켜고
바쁘다는 도둑고양이도
제 배만 부르면 그만이라는데

이보시오 양반네들
빚쟁이 사장 얼마나 더 목을 매야
직성이 풀리겠소.

돈이 도는 풍경화

으리으리한 백화점에 가 보아라
얼마나 잘해주는지
갑자기 왕자가 되어
내 집같지 않던가

사방을 돌아보면
감시 카메라가 쉴새없이
찍어대고 있음을 안다
손님이 왕인지 도둑인지
가려내는 작업이다
일단은 주머니에 든 돈을
죄의 덩어리로 보고

그러고 보면
숲의 나무가 성자이고
숲의 새들이 수도사들이지.

종착역도 모르는 기차

다 그만두더라도
빚만 없으면 살겠어
기차 안에 들어서자마자
어느 중년 부인이
왈칵 토해놓는다

좀 늙수그레한 부인네 왈
그건 제 창자로 알고 지니고 사는 거여
대꾸한다

기차는
사람들 속에 든 빚더미를
싣고 가느라 진땀을 흘리며
가끔 덜컹거리기도 했다

누가 떠가도 모르게
사람들은 죽은 듯이
졸며 자며
종착역도 모르고 갈 모양이다.

숨가쁜 삶의 자리

잠자리가 날아가네
잠자리가 날아가네

갈팡질팡 달아나는
모기를 잡아먹고
숨을 헐떡이며
잠자리가 허겁지겁 날아가네

배가 탱탱한 아이들
잠자리채를 들고
모기 가는 길
잠자리 가는 길을 뒤쫓아
숨을 헐떡거리네

모기들은
아이들이 방에 들어오기를
기다렸다가
배가 탱탱하도록 피를 빠느라
숨을 헐떡인다.

살기 좋은 곳

사람의 발길이
머언
산비탈에
자작나무 네 그루
미끈히도 참 잘 자랐네

사람 발길
가까운 데보다
차라리 벼랑일지라도
거기가
더 살기 좋다 하겠네

지금 내가 서 있는 평지
혹시 넘어지지 않을까
조심스럽네.

분노한 폭우의 얼굴

—인제군 귀둔리 수해 현장을 다녀와서

나는 보았네
폭우의 그 투명한 얼굴을

나는 보았네
산 몸뚱아리 뭉개고
길의 눈을 쳐서 멀게 하고
공룡같은 다리를 강바닥에
맥없이 눕힌
공포의 폭우 얼굴을

나는 보았네
제자리를 자신만만하게 지키던 나무들이
미쳐버린 뻘건 강물로
못 살겠다고 뛰어갔던 그 발자국들
나무들을 못 살게 군 폭우의 얼굴들을

나는 보았네
제 길을 찾겠다고
알몸으로 나뒹굴며

아우성치며 피를 토하는
돌맹이들의 시위 현장을
분노를 폭발케 하는 폭우의 얼굴을.

음지와 양지

신망리 기찻길 옆
목련꽃 봉우리
털옷 든든히 채려 입고도
아침 햇살의 품을 마구 파고드네

9시 13분 발 의정부행 기차를
잠시 기다리는 중
등짝에 와 닿는 햇볕이
내 할머니 손길 같네

뒤돌아보니 측백나무는
내 그림자에 가려
추워서 입술이 퍼렇네.

그리움의 병색

논에서나 밭에서나
추수꾼들
눈코 뜰 새 없어도
누가 보던 안 보던
하늘은 높푸르다

들에서나 산에서나
벌과 나비
눈코 뜰 새 없어도
누가 보던 안 보던
바위는 꼼짝 않고 자리를 지킨다

집 안에서나 밖에서나
살림살이에
눈코 뜰 새 없어도
누가 보던 안 보던
그리움의 병색은 짙어만 간다.

상사화 잎 그리고 비련의 뿌리

꽃을 사모하여
슬쩍 내민 손톱 끝만한
봄볕에도 안달복달 애태우더니
철쭉이 온 산에 꽃불 지를 때
그대의 속은 이미 타들어가고 있었네
신음소리 악물고 진땀 흘리며

하늘도 차마 눈 뜨고 볼 수 없어
그 불을 끄려고
폭포수 같은 비를 쏟아부어 주었으나
다 헛수고였네
그 속은 계속 타들어가고 있었네

수만 번 거듭 거듭
또 다시 태어난다 해도
제 몸만 사를뿐
꽃을 만날 수 없는 잎이여
차라리 태어나지나 말지
하긴 그것도 제 마음대로

할 수 없는 일

어쩌면 비련의 아픔을
하늘이 내린 선물이려니 하고
달게 받는지도 몰라

그대의 비련이
투명하게 보이는 것은
나에게도 이미 그 비련의 뿌리가
내려 있기 때문인지도 몰라.

지렁이는 비범한 도사

너는 땅 속의 일꾼
제대로 된 삶의 틀을 지닌
큰 일꾼

너를 그렇게 알고부터
땅 속 비범한 도사로 여겼지

지렁이만도 못한 이내 신세
살아서 무엇하나
땅이 꺼져라 할 때마다
너를 알고부터
땅 속으로 들어가 살듯 하였지
그게 그렇게 어려운지 몰랐던 것을
알고부터
그대를 비범한 도사(道師)로
다시 보게 되었지.

왜 섬을 좋아하나 했지

왜
산이 아직도 바다에서
나오지 않나 했지

가슴이 얼마나 탔으면
목이 얼마나 말랐으면
거기가 어딘데 뛰어들었단 말인가
아직도 해갈이 먼 걸까?
다시 나와 보았자
또 뛰어들 것 뻔해서 그러는 걸까?

왜
사람들은 섬을 좋아하나 했지

누구든 태어날 때부터 속태우느라
울며 나와 물부터 찾았으니
그런가 보네.

돌고 도는 삶

우리가 사는 이 터전
지구가 태양만 바라보고
한 길로만 빙글빙글 돌기
50억 년이라?
지구가 생존하는 한 그 때까지
한결같겠지

인간도 지구를 닮아
그가 하는 대로
내 집을 중심으로 잡고
그렇게 귀가하네

나 중심으로 사는 날까지
입에 풀칠하려면 제 몸
굴리지 않고서야
어떻게 살 수 있나?

태양 중심이고
내 집 중심이고

나 중심이고
조물주라고 할까
창조주라고 할까
하나님이 움직여 주는대로
사는 것이네.

노을빛 바다 끝을 보며

끝만 남은 빛으로도
온 바다
수평선 넘어
저렇게 오장육부까지
황홀하게 할 수가

머지않아 수평선을 넘으면
노을빛은
거대한 숯덩이로 살아서
또 다시 노을빛으로
살겠지

나 또한 그렇게
숯이 되려고
수평선을 함께 넘으려네

그저 홀로.

제 3 부

비둘기 나라에는

집터잡기
— 멧비둘기 이야기 · 1

철쭉꽃은 밝은 대낮을
더욱 환히 밝혀주고
비둘기야 비둘기야

눈만 뜨면 고고고구구구
걱정이 많더니
밤나무 가지에다
집터를 잡았구나

그 많은 후보지 중에
박노인네 안뜰에서 사는
밤나무에 잡았구나

잘했다 잘했어
박노인이 너 모르게
잘 보아줄거다.

집짓기
― 멧비둘기 이야기 · 2

비둘기 부부가 집을 짓고 있네
아내는 나뭇가지를 날라오고
남편은 얼기설기 얽어서 집을 짓네

오전 열한 시경 일과 종료
이렇게 일 주일이 걸려
바닥공사 끝나는 줄 알았더니
그것이 완공된 거라네

지붕이 무슨 필요하나
유리문이 무슨 필요가 있나
둘이 앉아서 사방이 잘 보이면 됐지
서로 좋으면 됐지

나는 바라보았지
그들의 천국이 지어지는 것을.

머리는 작아도

인간은 머리가 커서
머리를 많이 써야 산다
논에 모 내고 밭에 콩 심고
바쁘고 바쁘다

비둘기는 머리가 작아서
농사할 줄 모른다
그래도 양식 걱정 없다

사람들은
제 머리에 든 지식으로
제가 걸릴 지식 그물 쳐놓고
제가 거기에 걸려
제가 신음신음 고통하고 산단다

비둘기야
네 머리 작다 해도 힘찬 날개 있어
온 하늘 차지했구나
그래서 그그그구구구 노래하는구나.

비둘기 알 품기

─ 멧비둘기 이야기 · 4

비둘기가 알을 품네
숫비둘기는 밤낮 없이 알을 품네
암비둘기는 태양을 보며 온 종일 알을 품고
별 보며 밤새껏 알을 품는다네

언제나
두 알을 품어
새끼 둘을 얻는다네

필요한 욕심 말고는
품지 않는 모양이네.

자식 키우기
─ 멧비둘기 이야기·5

갓 태어난 아기비둘기는
어미 입 속에 주둥이를 넣고
비둘기 젖을 빨아먹고 자란다네

비둘기는 따스한 품에서 태어나
뜨거운 입 속에서 자란다네

비둘기의 온전한 사랑에서
아름다운 평화의 세계가
이루어지고 있다네.

비둘기 나라에는

— 멧비둘기 이야기 · 6

비둘기 입에 사랑이 들어있고
비둘기 날개에 자유와 평화
비둘기 품에 따스한 나라가 있네

비둘기 나라에는
법과 철학이 필요없어서
평화롭다네.

비둘기 애가
― 멧비둘기 이야기 · 7

이른 아침부터
부슬부슬 비가 내리네
그그그구구구 슬피 우네
홀로 외로이 다니며
그그그……구구구 그그그……구구구
그그그……구구구 그그그……구구구

짝 잃은 숫비둘기
울며 불며
목이 쉬었네
그래도 그그그구구구……

남은 생애
제 할 일은
슬피 슬피 울다가
생을 마감하겠다 하네.

태어나던 날에
—기름매미 이야기 · 1

땅이 몸을 풀었네

해복발아지하는 숲이
꾀나 긴장했었나 보네
참나무 잎새들이
아직도 떨고 있으니

지나가는 바람도 산모의 머리맡에서
땀 식혀주느라 부채질하고 있네

그 덕분에 지나던 나그네
참나무 그늘 밑에서
잠시 쉬고 간다더니
지름 찌 름 지 름…… 소리
덮어쓰고 마냥 졸 듯 자듯
떨어졌나 보네.

네 소리 소리에
─기름매미 이야기 · 2

매미야 매미야 기름매미야
이 삼복 더위에 가만히 있기도 힘든데
그렇게 소리 소리 지르면
며칠이나 살려고 그러느냐
웬만큼 해두거라
너무 몸 상할라

네 소리에 못 견디어 그러는지
아이들은 개울에서
귀 막고 풍덩풍덩 뛰어든다

네 소리 소리에
더위도 귀청이 떨어질까 무서워
못살겠다며 물러갈 셈이구나.

왜 운다고 하는지
─ 기름매미 이야기 · 3

매미 소리 듣고
왜 운다고 하는지

그렇게 울었다면
눈물 흥건히 괴었어야 하는데

아마 듣는 사람들이
제 슬픈 일로 울부짖고 싶은 참에
울음소리로 들렸겠지

하기야 이 나라 사람들
울부짖고 싶은 일
어디 한두 가지겠느냐

그래 그래 울어주는 것도
나쁜 일은 아니겠구나.

못 알아 듣는 큰 소리

─ 기름매미 이야기 · 4

참나무 뿌리와 함께 살기
사 오년
죽었다 하고 입 다물고
어떻게 그렇게 지냈느냐

세상에 나와 날개 달고
뜨긴 떴지 않느냐
그런데 그 기름가마 끓는 소리를
큰소리로 질러대는 의미가 무엇이냐

하기야 한번도
제대로 제 허물 못 벗은
사람의 귀로
무슨 소린지 알아먹겠느냐.

기름 끓는 소리
— 기름매미 이야기 · 5

튀겨놓은 요리
하나도 보이지 않는데
웬 기름 끓는 소리만 요란하냐
찌이 름 찌이 름 찌 이 름……

그 가마솥 아궁이 불기운에
에어콘 장사만 짭짤하겠네

남에게 제대로 시원하게도
못해주는 것을 서러워하면서
찌이 름 찌이름 찌~이름……
나는
기름매미 소리를 듣는다.

그 거푸집에서

― 기름매미 이야기 · 6

참나무 밑둥에
매달린 매미 껍질
지나가는 바람
끌어들여서 옛 이야기
끝없이 풀어대네

무슨 이야기가 그렇게 길까?

그 거푸집에서
들려오는 얘기에
가끔은 눈물 글썽이며
반짝 반짝였네.

소년의 손에 어둠과 빛이
— 기름매미 이야기 · 7

매미가 후르르 날아와
은행나무에 살그머니 붙었다

소년은 눈에 불을 켜고
정오의 태양 빛을 잠시 파묻는다
고양이 다리를 빌려
살금살금 매미 쪽으로 다가간다
제 숨을 방아쇠 당길 때
멈추듯 하여
독수리 발을 빌려 매미를 덮쳤다
"찌" 외마디 비명
대낮의 적막이 탁 깨졌다

소년의 마음이
매미 잡은 손을 폈다
매미는 뒤도 안 돌아보고 날아갔다
소년의 어두운 가슴도 탁 트였다

매미에겐 자유

소년에겐 화해
악연은 후르룩 끊어지고
일 순간 소년의 손바닥에서
어둠과 빛이 오고 갔다.

천번을 속아도
—뻐꾸기와 개개비

개개비가 알 낳은 둥지를 찾느라
하루 종일 뻭국 뻭국
개개비가 집 비운 사이에
숙주(宿主)의 알 하나 입에 물고
그 자리에 재빠르게 알을 낳아놓는다네
입에 문 개개비 알 먹고나서
이제 됐네 됐어 뻐꾹 뻐꾹

잘 들어라 내 새끼야
다른 새끼일랑 다 밀어내라
둥지 밖으로 떨어뜨려야 한다
그게 네가 사는 길이다
알았니? 알았지 뻭국 뻭국

양모를 보면 입을 딱딱 벌려라
더 크게 더 크게 벌려라
그래야 잘 먹고 큰다
뻐꾹 뻐꾹 뻐꾹

이제는 날 수도 있으니
양모고 뭐고 돌아보지 마라
무조건 박차고 나와라
그래야 큰소리치고 산다
뻐꾹 뻐꾹 뻐꾹

그래 그래 잘도 날고
이제 큰소리도 제법이구나
뻐꾹 뻐꾹 뻐꾹

죽어라 등골 빼어 키운 새끼야
이제 보니 무정하게 떠나는 뻐꾹이구나

이제 와서 속 좁은 생각해서
무엇하겠느냐
천번을 속아도 또 천 번을
속아보자 하는 것이
속 편한 일이지.

빈집털이 명수

—까마귀

새 중에 나만큼 지능 높은 자 있으면
"나와 나와……"
얼마나 큰 소리를 많이 쳤으면
그렇게 목이 쉬었느냐

사람들이 지나간 근처엔
새들이 집을 비울 수밖에 없다는 걸
잘 알고 있다
정보가 힘이라고
까악 까악 큰 소리치네

사람 머리 위에서 다 보고
새들의 빈 집을 털다니……
네 집 비운 사이에
네 집 털러 올라간 구렁이에게는
뭐라고 말할 거니?

큰 소리 칠만하네

죽을 사람 살린다는
산삼
사람 눈에 띄기만 하면
뿌리가 남아나지 않네

장끼가 산삼을 좋아해도
열매 먹고
꼭 그 씨알을 심어준다네

사람들이 좋다는 것은
뿌리가 남아나지를 않으니
"꿩 꾸엉 꿩"
큰소리 칠만 하네

산삼이 사람 살리는 것이 아니라
사람 목숨은 하나님께
달려 있다 하지 않은가?

산삼 씨알과 장끼

장원 급제나 한 양 으스대고
장끼는 다니다가
빨간 산삼 열매 달게 먹고
으슥한 산기슭에 슬쩍
실례를 했다네

그 덕분에 산삼 씨알은
장끼의 속을 다 보고 나왔다네
숲은 산삼 씨알의 태반이라네

해, 달, 별, 구름, 바람, 비
햇볕, 번개, 천둥, 낙엽, 흙
모두 모두 사랑을 듬뿍 주어
싹을 틔웠다네

봄비에 설렘 적시고
여름비에 시름 씻어내고
가을비에 그리움 적시고
겨울눈 덮고 꿈을 꾼다네

장끼는 산삼 씨알 먹고
양심 씨알 내 놓는다네
그러니
산삼 씨알이 장끼를 마다하겠나?

장끼가 튀는 바람에

좁은 길에는
숲의 그림자와 내 그림자뿐

분한 마음 삭힌답시고
걷고 또 걸었지
끝없이 갈 것처럼 무작정
하늘 보며 땅 보며
한숨 푹푹 내쉬어가며
그러고 있는 중

느닷없이 장끼가 꿩 꿩 꿩
튀는 바람에
내 모든 생각들이 풍비박산 나고
내 좁은 마음은 꿩꿩 큰 소리에
다 날아가버렸네

꽉 차 있던 내 분한 마음을
어디에 쓰려는지 순식간 채가버렸네

장끼가 매복한 일은
참 잘한 일이었네.

소리라도 쳐봐야

날 너무 나무라지 말게나
나라고 편한 줄 아나?

나라고 내 새끼 내 품으로
키우고 싶지 않은 줄 아나?

뻐꾹 뻐꾹 뻐꾹

실컷 큰 소리라도 쳐봐야
좀 살 것 같으니 어떡하나.

번개 칠 때

어둠이 덮칠 때마다
'번쩍' 빛을 내면
큰 산들이 바다로 추락하는
비명을 질렀다

실은
땅 속 어둠의 자식들을
잡으러 들어가는 소리였다

그때 태연히 웃음을 잃지 않고 있는
이가 있었으니
그는 채송화였다

번개 빛과
채송화의 반짝 눈 빛은
한 통속이기 때문이었다.

까치 부부가 집을 짓네

슬슬 겨울이 물러가고 있나보네

까치부부가 집을 짓는 중
까악 까악 까악
땀 닦을 새도 없이 바쁘다고 하네
대들보는 정월 대보름날 얹어야 하고
대엿새밖에 남지 않았는데

겨우내 망을 보던 까치부부
집 지으면
농가에서는 종자를 챙기는 법이지

까치야 까치야
기왕에 집 지을 바에는
올해 풍년 들게
창을 잘 내거라
네가 어떻게 창을 내느냐에 달렸단다
그래야 네 먹는 것
사람들이 아깝다 하지 않을 것 아니냐.

제 4 부

썩은 고목나무 이야기

남과 북
— 남방부전나비와 황모시나비

한해에 한살이를
대여섯 번 거듭한다는
남방부전나비는
제주도만 지키면 된다 하네

한해는 알로 겨울을 나고
이듬해엔 애벌레로 살다가
번데기로 겨울을 나고
그 다음해에야 탈바꿈한
황모시나비는
개마고원만 지키고 있겠다 하네

누가 무어라 해도
남방부전나비와 황모시나비는
대한민국을 지키려는 역사적 사명을
날개에 얹고 태어났다네.

유리창 나비

속살을 드러낸 냇가 모래밭
돌 위에 앉아서
무슨 사색에 잠겨
그렇게 꼼짝 않고 있느냐
하기야 무엇 하나 만만히 보아넘길 일
어디 있겠느냐

네 날개에 달린
유리창처럼 마음의 창이
잘 닦여야
제대로 볼 수 있겠지.

봄소식 집배원 덕분에
― 산푸른부전나비

봄소식 집배원 아저씨
쪽빛보다 더 짙은
새파란 우편랑 메고서
연신 봄소식 나르기에 신바람났나 보네

남정네들 봄소식 받고
솥뚜껑 들어다 냇가에 건 화덕에 얹고
불 지핀다 하며 어수선스럽네
아낙네들은 솥뚜껑 뒤집어
참기름 휘휘 두르고
화전을 지지느라 수선스럽네
둘러선 사람들의 코는 벌름벌름 하고

들판에서는 새파란 우편낭만 보고도
연초록 새싹들이 산들거리네.

─────────

* 산푸른부전나비의 날개빛은 쪽빛보다 더 짙은 색이다.

시가도귤빛부전나비의 방황

집이 야트막했던 옛날 서울
그때는 참 살기 좋았지

어느 때부터인가
빌딩숲이 들어서고
온몸에 빌딩숲 그려가지고 다니며
시가도귤빛부전나비는
산 속을 헤매고 있는 것 같네

앞으로는 얼마나 또 밀리고 밀려
방황해야 할지 난감하게 보이지만
어쩌면 시가도귤빛부전나비가
신도시 개발 택지 안내를 도맡은 것은 아닐까.

담색긴꼬리부전나비의 묘기

초여름 문지방에서
장마가 서성대고 있으면
나비들의 속은 상사화 잎처럼
타들어간다네
장맛비에 날개 젖으면
기운이 뚝 떨어진다네
아무 일도 못하게 되고

장마 오기 전에
짝을 찾지 못하면 어떡하나
동동 발을 구르며 다니네

까맣게 속 태우며
초조히 긴 꼬리 흔들어
나뭇가지 사이를 헤집고 넘나들면
남의 속도 모르고
보는 이들은
노련한 묘기 볼만하다 하네.

벚나무까마귀부전나비 춤출 때

벚꽃 흐드러지게 필 때
항아리 물 쏟아지듯
집에서 사람들 쏟아져 나와
벚꽃 아래 제 몸 비워놓고
온 마음을 쏟아서
벚꽃에 달라붙네

이러는 중
벚나무까마귀부전나비 애벌레는
보는 것도 양이 차지 않는지
벚꽃을 신나게 파먹는다지?

꽃이 지고 잎이 돋아나면
벚나무까마귀부전나비는
그때서야 춤을 추고 신바람을 낸다네
열매는 다닥다닥 열릴 것이고.

쌍꼬리부전나비와 썩은 고목

썩은 나무에서 산다는
마쓰무라꼬리치레개미를
뭇 곤충들은 귀곡산장 괴물로 알고
몸서리치게 무서워하는 모양인데
그 고목에서 그 개미들이
쌍꼬리부전나비 애벌레를
키워준다니 신기한 일이네

그 개미와 이 나비는
어떤 관계일까?
그 개미가 나비에 너무너무 반해선가?

이 나비가 적색목록(Red Data)에
귀하신 지체로 올라 있다지?

이제 보니 썩은 고목도 귀한거네.

바람 다스리는 실력자

몸이 크고 날개가 작으면
날다 떨어질 것만 같아선지
날개짓을 빨리 빨리 한다네
그래서 빨리 나른다네

몸집은 작고 연약하고
날개는 끝이 둥그스럼 너무 크면
웬만한 바람에도 휘둘린다네
그래서 느릿느릿 나른다네

느리게 날기로 이름난
세줄나비는
바람을 다스릴 줄 알아
제 힘 덜 쓰며 재미를 본다네

빠른 것만
다 능사가 아니네.

개망초꽃 따라가야 산다

숲이 좋아라
사는 나비
풀밭 좋아라
사는 나비
맨땅 좋아라
사는 나비

개망초꽃 좋아 사는 파리팔랑나비
나무가 많이 들어서면
이삿짐을 싸야 한다네

누가 뭐라고 해도
죽으나 사나
개망초꽃 따라가야만 산다 하네.

비행 묘기자 제비나비

파리 진멸 작전이
워낙 초현대적이라서
제비 먹잇감이 모자란다

사람들은 로또 복권 물어다줄
제비를 기다리나
빈 몸으로 오는 제비도 보기 어렵네

파리가 적으니 잠자리도 적어졌고
오나가나 독극물만 많아졌다네
공중비행 묘기자
제비 대신 뜬구름만 두둥실

그나마
제비나비가 제 멋에 겨워
갖가지 비행 묘기를 보여주니
제비의 자리를 메워주고 있다네

이제는
제비나비를 잘 모셔야 할 텐데.

검어도 향기로워

— 사향제비나비

검은 상복 벗지 못하는 아픔을
차마 물어볼 수 없구나

이미 슬픔의 꽃이 되어
가슴 속에 향기를 지녔으니

이름만으로도
사향제비나비는
마음까지 향기롭네.

천년의 빛 날개여

― 산제비나비

홀로 산길을 가다 보면
적적하다 못해 서글퍼질 때가 있다
길동무 되어주려고 날아와주는
친절꾼 산제비나비야
너는 내게 고마운 도우미로구나

너의 청록색 비늘가루 날갯빛은
살아 숨쉬는 천년의 맥박이구나
눈부신 태양을 받으면
너의 청록색 날개 위에서
묻혔던 진실이 빛을 발하리라

산제비나비야
아비 잃은 자식 평생 섧게 살아
가슴 숯덩이 되었지 않느냐
그 청록색 날갯빛 위에 그 자식의
못 다 이룬 꿈을 얹어서 날갯짓하여라
그 눈부신 태양 빛을 받으며.

무슨 슬픈 사연 있길래

─ 기생나비의 자태

온몸이 흐느껴 우는구나
멈출 수 없어 흐느끼는구나
하얀 긴 치마 끌며
홀로 몸가누기 힘겨워하며
치마 끝자락에서 눈물이 떨어지는구나

네 옷의 흰 빛깔이 너를 더욱
슬프게 하는 것은
눈물에 절인 소금빛이어서다

정녕 네 영혼이 구원받지 못함을
슬퍼한다면 복이 있단다
마음놓고 마음껏 통곡하여
가슴 후련케 하려므나.

산네발나비의 자녀 사랑

양지 바른 곳을 찾아
조심스레 나뭇잎 위에서
날개를 펼쳐 띄엄띄엄
이 잎 저 잎에다
알을 낳는다지?

한 곳에 애벌레 몰려 있으면
먹이싸움할 것 뻔하다 하여
띄엄띄엄 이 잎새 저 잎에다
알을 낳는다네

눈꼽보다 더 작은 머리 속에서
어떻게 그런 분배론이 나오는지?

나비의 겨울잠

누구나 겨울에는
눈이 빠지게 봄을 기다린다

나무는 시퍼런 칼바람에도
꼼짝않고 금식기도만 하고
나무가 겨울을 나려고
제 발치에 내려놓은 잎새에서는
나비 번데기가 겨울잠을 잔다
세상모르고 잠이 들었다
나무가 맨살로
밤낮을 지켜주고

어김없이 봄은 오기로 되어 있다.

제 5 부

겨울나기

초생달이 나를 보고

잠시 쉬어간다며
겨울 엄나무 가지에
걸터앉은 초생달이
나를 마주보며
내 묵은 이야기 들려달라고 하네

맨 그 얘기가 그 얘기인 걸
한여름에도
겨우살이 한 것들 밖에.

겨울 고백

겨울 나무의 손이
퍼렇게 얼어서 시려워 보인다
녹여주고 싶다

그러나 내 손이
호주머니에서 나오질 않는다

그러면서도
내 입에서는
사랑한다는 말이 나오려고 한다
어찌된 일이냐?

별의 마음

겨울 밤
하늘의 별은
내 친구들이다

마당에 장작불을 피워
고구마를 구워 먹는 것만 보고도
제가 먹는 것이나 다름없이
좋아한다

별들의 마음은
장작불만큼 뜨겁다
그래서 빛을 내나보다

내 마음은 차가워서인지
불만 쬐려든다
그래도 별들은
언제나 친구가 되어준다.

월요일 새벽에 별 총총하면

오늘은
월요일 새벽 네 시 무렵
별이 총총하다

날이 밝으면
낯익은 초가을 풍경을
화폭에 담고 싶어
혜화동 화실에서 마주 대할
이젤에게 정이 간다

어릴 적 소풍날 아침보다 더 설렌다
나를 반겨주는 이젤이
있기 때문이다

흰 종이에 그림을 그릴 때
창조주의 기쁨을 조금이나마
이해할 수 있다는 것이
얼마나 즐거운지.

이 가을에는

이 가을 상강에는
되고도 된 서리가
온 산
온 지붕
온 길을
다 덮어라

떨어질 것들은 모두 다 떨어지게

내년 봄에
새싹 돋는 데는
아무 지장이 없단다.

가을 새벽을 깨우는 소리

새벽 네 시경
낙엽 밟는 소리에
새벽별들
귀를 쫑긋하며
깜짝 놀라 내려다본다

드르륵 미닫이문 여는 소리에
기도실의 적막이 깨졌다

무릎을 꿇고 기도하려는데
잡된 욕심의 소리가
먼저 자리를 잡는다
과연 욕심은 동작이 빠르다

내 영혼의 소리는
뒷전에서 벙어리가 되었겠지.

낮달과 만난 오후

정월 대보름 며칠 앞두고
해는 제 집으로 가려고
서산에서 주춤거리고 있었네
낮달이 창백한 얼굴로
일찌감치 중천에 와 있걸래
"그대는 왜 그렇게 안색이 창백하오" 하고 물었더니
"땅엔 봄기운이 도는데 사람들의
마음은 얼어붙어서 속 끄리고 있다오" 하였네
달이 나보고
"왜 창백한 얼굴로 금식기도를 하느냐"고 묻길래
"나도 내 마음에 봄이 오기를 기도합니다"라고 했지

풀과 나무는 때만 되면
봄을 맞게 되어 있는데……

천 년보다 길었던 밤
—경북 하양 무학산 산장에서

조 박사가 가끔 쓴다는 무학산 중턱
빈 초소같은 방문을 열자
한기가 내 몸을 거부했다
어제의 악몽같은 일을 떨쳐내려면
이쯤이야 하고 밀고 들어갔다
무릎을 꿇고 납작 방바닥에 엎드려
주님, 주님만 부르짖었다
무슨 할 말도 나오질 않았다

잠깐 잠이 들었다가 깬 때는
새벽 2시 20분
한 시간 남짓 눈을 붙였을까?
앞으로 일어날 악몽같은 후폭풍이
내 마음을 찢고 부수고 때리고 무너뜨리고
해일을 만난 배가 부서지는 것 같았다

천 길 만 길 어둠 속 낭떠러지로
떨어지고 있는 것 같았다
비웃음과 야유 핍박 경멸의 소리가

귓전을 떠나지 않고 때렸다

동에서 오는 여명을
기다리는 것이 천년보다 길었다.

바람에 거는 청탁

바람이여 바람이여
제발
힘자랑일랑 하지 마오

아카시아 꽃 찾아가는
꿀벌이 안쓰러워 보이지 않소?
장마철 양식 아기벌의 출산
왕산만한 살림 걱정 머리에 이고
휘청거리는 것 좀 보오
저 가는 허리 저 가냘픈 어깨
힘겨운 날개짓을 보고
아카시아 나무만은 믿을만 하오
과수원은 죽음의 계곡이 되었다오
바람에 시달려
아카시아 나무 깊이 고개 떨구면
꿀벌은 지레 겁을 먹고 기절할 거요

바람이여 바람이여
그대 힘겨루기 좋아하면

꿀벌이 잠든 한밤중에
그 많은 별들이 다 보는 앞에서
밤나무 삭정이 잡고
한판 겨루면 어떻겠소

바람이여 바람이여
내 갑갑한 영혼의 머리맡에
고운 바람결로
새 바람 일게 해주는 것 잊지 마시오.

다산초당

씻기고 씻긴 시간들이
애꿎게 소나무, 참나무의 뿌리만
들추어냈구나
하도 밟혀서 반질반질한 뿌리 등걸
그 질긴 목숨을 딛고
가파른 다산 초당을 올랐다

눈에 금새 들어온
앞바다는 초당을 공중에 띄웠다
유배 생활 중 여기서 그 많은 시름을 씻어내려고
차가 산을 마시자커니
산이 차를 마시자커니 하다가
다산의 마음에 해가 떠서 서산에 지고
달이 떠서 지기를 거듭하였지
자유할 때까지.

내 머물 곳은 어디요

구름 구름 차탄천 위에 구름이여
무슨 생각 그리 품고
차탄천을 곰곰 밟아 올라가오
송사리떼도 깝죽깝죽 올라가네요

이보시오 구름나리
해는 그대를 보고
올려다만 보며 산다고 했소?
나는 그대를 보고
내려다만 보며 산다고 했소
위를 보든 아래를 보든
무슨 생각이 없을라구

무슨 마음 입에 꼭 물고
천근 만근 끌고 가오
그대 머물 곳은 어디고
내 머물 곳은 어디가 좋겠소.

먹장이 된 가슴에도

타다 꺼지고
또 타다 꺼지기를
수없이 되풀이하다가
먹장이 된 이 가슴

행여 고철처럼
다시 태어날 수 있는
용광로에 들어갈 수만 있다면
이전에 맺힌 한으로
먹장이 된 것이
남김없이 풀어지리다

단풍나무야
너도 이 가을에
불덩이로 영글어놓고
그렇게 기도하려느냐.

그리움의 형벌

어느 마을 어귀에
수백 년 나이들어 보이는
느티나무 속이 비어 있길래
"그대는 어이타 그렇게 속이 썩어 문드러져서 비었소?"
하고 물었더니 나무가 말하기를
"두고 두고 썩느니 차라리 비워두는 것이 속이 편하다오"

벗지 못할 머리의 가시관 같은
괴로움이 내게도 있다네
고향 떠난 그리움의 형벌이지
나는 속을 비워서 되는 것이 아니라
벗어야 하는 것인데

고향 떠난 그리움의 형벌
떠나기 전에 맛을 보았더라면……
언젠가는 돌아갈 수 있는 줄 알았지.

어머니의 사랑

어제는 대낮인 데도
날이 어둠침침했다
먹구름, 비, 바람, 천둥, 번개
우산대 잡고도 몸가누기 힘들던 날

오늘 아침은
물기 촉촉한 나뭇잎 가지 사이로
햇살 뚫고 지난 자리에
고요와 평화가 살포시 웃고 있다

어릴 적에
친구들과 싸우다가 혼날 때
무서워 보였던 어머니의 얼굴은
어제이고
시퍼렇게 멍든 눈퉁이 밤퉁이
어루만져 주시던 어머니의 얼굴은
오늘 아침이네

어제이기도 하고 오늘이기도 한

어머니의 사랑
지금은 모두 눈물겹게 아름다웁기만 하네.

구절초의 미소

가녀린 몸매 소박한 옷차림
님을 기다리는데
화려할 이유가 없다고 하네
흰 얼굴 더 곱게 꾸밀 필요가 없다 하네
간밤에 된서리
칸나의 호탕한 웃음은 온데간데없고
구절초의 미소는
여전히 맑은 그대로라네
님 오시면 제일 먼저 드릴 것이
미소라서 지키고 있었나 보네
하늘이 이내 눈 못 떼는 것은
님을 기다리다 감춘 눈물
거기에 흥건히 담아두려고 하네.

마님의 미소

오늘은 2003년 10월 30일
서늘한 오후

아내는 코에 돋보기를 걸치고
바늘귀에 실을 꿰려고 한다
구멍난 곤색 양말을 꿰맬 참이다
잠시 후면 바느질하는 손끝이
경쾌해지겠지

말을 걸었다
"마님, 안력이 그전같지 않소이다"
아내는 순간 빙긋 웃는다
아내를 마님이라 부르고
겸연쩍게 웃어넘겼다.

제암리 순국열사 앞에서

수천 번 외침을 당했으나 한 번도 남의 나라를 침공하지 않았던 이 나라를 찾으려고 순국하신 제암리의 님이시여!

삽짝 위에 잠시 앉았다가 날아가는 참새만도 못하여 얼마나 서러웠으리요 간간이 어미 젖을 머리로 치받으며 젖을 파먹는 송아지만도 못하여 얼마나 서러웠으리요

후손들 바라보며 조국을 찾아주어야겠다는 마음이 들 때마다 조국을 사랑하는 눈물이 흘렀을 때 얼마나 각오가 새로웠으리요

새벽을 기다리는 캄캄한 밤에 숨죽여 기도할 때 얼마나 가슴 메어졌으리요 1919년 4월 15일 새벽 기도가 이승에서 마지막이 될 줄 모르고 십자가 바라보며 소망을 가졌겠지요

오직 나라를 구하려는 구국 기도로 눈물 그치지 않았겠지요

여기 향남면 제암리에서 400명의 선열들이 오직 하나 태극기만 들고 "대한 독립 만세" 목이 터져라 부르짖었을 때 그 가슴속의 피는 용암보다 뜨거웠으리라

1919년 4월 15일 발안장날 손에 태극기 들고 "대한 독립 만세" 부르짖는 것 말고는 모든 것을 포기했으리라 조국을 찾는 일 말고 무슨 중요한 일이 있었겠는가

수원읍 주재 수비대 총부리가 두려웠겠는가 오직 이 한 목숨 조국에 바치겠다는 마음만 파랗게 살아 있었으리라

　수비대원들은 예배당 문에서 총대보다 큰 사람은 무조건 예배당으로 들여보내고 가두어 문을 잠가 못질했을 때만도 설마 했으리라

　이 웬일인가! 예배당 밖에 짚을 쌓아놓고 예배당 안에다 석유를 뿌려서 불을 지르니 생화장터로 바뀌어버렸네 예배당 안에서는 비명소리 대신 하나님을 찾는 기도소리와 서로 부둥켜안고 찬송도 불렀다네 하나님도 얼마나 놀라셨겠는가?

　지금도 하늘에다 코를 대고 냄새를 맡아보자 영원히 그때 그 참혹한 냄새가 아직도 배어 있지 않은가

　그때 그 사건이 하늘의 C.C.T.V.에 그대로 저장되어 있다는 것을 일본 당국은 알라!

　역사 왜곡으로 그대들의 범죄를 더 무겁게 하는 어리석음을 범하지 말라!

　아무리 세월이 흘러 역사가 변했다 해도 그때 그 대한 독립 만세 소리는 간직해 두어야 한다. 가슴 속 깊이 두어야 한다

이제 역사가 흘러 100년을 바라보는 때에 우리가 원수를 사랑하라 배웠으니 그들을 용서는 하되 대한 독립 만세를 부르다 불에 타 엉겨붙은 뼈만 남은 선열들의 영혼의 외침은 잊지 말자!

그때 님들의 기도하시던 무릎을 잊지는 말자
그때 님들의 핏값으로 이만큼 살고 있음을 잊지는 말자

당파 싸움, 남들을 돌보지 않는 무정함, 나만 잘 살면 된다는 이기주의, 제 나라를 팽개친 불충이 나라를 팔아먹는 이런 것임을 잊지는 말자
죄악이 또다시 가득차면 또 이런 망국의 한을 맛볼 수밖에 없음을 잊지는 말자!
선열들의 핏값을 잠시도 헛되이 하지 말자
우리 모두 대한민국 사랑을 뜨겁게 하자

그 때 여기에서 대한 독립 만세를 부르다 숨진 제암리 순국 선열들이여! 조국을 뜨겁게 사랑하는 우리의 가슴에서 살아가소서!
2007년 2월 24일
제암리감리교회 예배당에서

서리맞은 호박넝쿨을 보니

어제 오후만 해도 싱싱하더니
오늘 아침에는
호박넝쿨이 까맣게 타버렸구나

천둥벼락치던 여름날에도 당당하더니
서리맞은 이 아침에는
냉혹하게 싸늘해져서 허망하구나

모진 목숨 질기게 살아가느니
호박 씨 야물게 영글어 놓고
태연히 종말을 맞은 호박넝쿨이
참 잘 살았다 보여서
부럽기도 하구나.

잠시 언어를 상실했었지

나이야가라 폭포!
내 생전에
한번 볼 수 있으려나 했지
막상 폭포 앞에서
잠시 모든 언어를 상실했네

어쩌면 저 폭포가
그 많은 세상 사람들을 불러
큰 소리로 할 말을
계속 반복하고 있는지 몰라

세상 모든 죄를 눈물로 회개한다면
나이야가라 폭포는 눈물폭포에 비하여
아무것도 아닐거야.

붓의 위상

사람이 만든 발명품 중에
최고 걸작품을 뽑으라고 하면
서슴없이 붓을 번쩍 쳐들겠다

무엇이 그것보다 더 세상을 바꾸었다고 하겠느냐?
결코 자신 외에는 천재를 인정하지 않는
그 도도함마저 멋스럽지 않은가
붓의 발명자는 철저히 익명이다

붓—
때로는 칼날보다 날카롭고
때로는 부드럽기가 새털보다 더하다
산보다 무거워 보이기도 하고
바다보다 더 깊어 보이기도 한다

> 털밖에 없는
> 천의 얼굴
> 붓.

붓을 잡은 이가

흰 백지에 새까만 핏방울
흘려넣어 맥을 뛰게 하려고 하네

욕심을 새까맣게 태워서
숯이 되게 하라면
그렇게 하겠다고 하네
붓끝에서 순진한 어린아이 눈빛으로
살라고 하면 그렇게 하겠다고 하네
뼈를 깎고 살을 저미는
아픔을 겪으라고 하면
그렇게 하겠다고 하네
수만 번 죽고 죽어
거듭 태어나라고 하면
그것도 그렇게 하겠다고 하네

살아남을 한 획을 위하여
못할 일이 없다고 하네.

거울을 보며

거울을
한참 들여다본다

정말 늙긴 늙었네
애꿎게 주름살
파먹어 쭈그러졌네
어쩌면 이것이
헛바람 빠진
제 실상인지 몰라

허상 속의 허상이 보고
가만히 있다가
피식
웃을까 말까 한다.

겨울나기

1

겨울을 나려면 나무는
제 옷을 다 벗어 발목에 덮고
알몸으로 겨울 바람을 맞이한다
그리고 꿈을 꾼다
차가운 바람 매서운 바람이
꿈을 깨지 못하게 지킨다

사람들은
눈보라치는 무서운 바람에게
나무가 감사하는 뜻을 헤아리지 못한다
나무는 꿈으로 겨울을 난다

2

우리 집 뒤곁에는 예순 남짓한 엄나무가
듬직히 서 있습니다
거기에 까치둥지 네 채가 정겹습니다

둥지는 여름이 오면 숲으로 들어가고
겨울이 되면 달랑 얹혀 나오지요

간밤에 분 세찬 바람이 까치둥지를
몹시 흔들었나 봅니다
땅에 떨어진 나뭇가지를 들고 보니
까치의 입김이 서려 있었습니다

새벽 별을 보고
그 높은 곳에서 겨울을 어떻게 날거냐고 물었더니
시린 손을 까치둥지에 녹이고 가면 된다고
까치의 입김과 입심으로 지어졌기에
인간의 집들보다 따스하다고 말했습니다.

내 벗의 벗

내 벗 중의 벗은 가난입니다
내 벗의 벗이 예수입니다
그 덕분에 그리스도의 등에
업혀서 살아왔습니다

나는 그리스도의 짐이니
내게 짐이 있다 해도
그 짐이 오히려 어여쁜
꿈을 안겨준답니다.

하늘로 오르려면

새들은 뼛속까지 비워 가볍다네
날개의 힘은 강하고
가슴은 선박 밑창만큼이나 튼튼하다네
배가 해류를 타는 것처럼
하늘에서도 기류를 타야 하기 때문이네

사람도 하늘로 오르려면
새처럼 되어야 하겠지.

아주 신 벗는 날엔

어머니 뱃속에서 맨발로 나와
신 신고부터 고생문으로 들어가네
그나마 쉬거나 잠잘 때
잠시 신을 벗네

이 세상 떠나려고 아주 신 벗는 날엔
두렵거나 기쁘거나
둘 중 하나의 길로 떠나야 하네

기왕 신 벗어놓아야 할 바에는
기쁘게 벗어야 하지 않겠는가?

인생은 신 벗기 삶이네.

겸허한 심성과
자연에 대한 사랑

민 영
(시인)

겸허한 심성과 자연에 대한 사랑

1

내 오랜 친구요 출판사 사장인 연규석 씨가 낯선 손님 한 분을 데리고 찾아왔을 때, 나는 첫눈에 그가 중고등학교 선생님인 줄 알았다. 감색 양복을 단정하게 입은 모습이며 얼굴에 감도는 부드러운 미소가 영락없는 현역 교장쯤으로 보였기 때문이다.

방으로 들어와 통성명을 마치자 내가 대뜸 "혹시 학교 선생님 아니신가요?" 하고 물었다. 그러자 이 초면의 신사는 수줍게 웃으면서 "아닙니다. 교회에서 목회를 하고 있습니다."라고 대답했다. 이렇게 해서 엉터리 관상을 본 내 예언은 보기 좋게 빗나가고 말았지만, 경기도 연천읍에서 감리교회 목사로 있다는 윤여일 시인과는 금세 친한 사이가 되었다.

연규석 사장의 말에 의하면 1946년 충청남도 조치원에서 태어나 청주대학 상학과를 졸업하고, 1986년에 감리교 신학대학 대학원을 마치고 목사가 된 윤여일 시인은 좀 늦긴 하지만 열심히 시를 써서 이제야 첫 시집을 내려고 나를 찾아왔다는 것. 시는 대개 스무 살 안팎의 젊은 나이에 쓰기 시작하여 육십 가까운 나이가 되면 중진 또는 중견 소리를 듣는 게 상례인데, 환

력을 눈 앞에 둔 이제 처녀시집(첫 시집을 이렇게 부르기도 한다)을 내 겠다니 의외라는 생각이 들기도 했다. 하지만 꽤 두꺼운 부피 를 가진 여러 편의 시를 대략 훑어보고, 글을 써서 그의 노고를 치하하고 축하해 주지 않을 수 없겠다는 결론에 도달했다.

윤여일 시인의 시에는 그가 이제까지 살아온 인생에 대한 겸 허한 성찰과 조물주가 우리에게 준 자연 현상에 대한 섬세한 사랑과 관찰이 담겨 있다. 우선 인생에 대한 내용을 소재로 삼 은 시 몇 편을 읽어보기로 하자.

> 소나무가 삶을 다한 제 잎새들을
> 남이 볼까 무섭게
> 제 발 밑에 살그머니 내려놓는다
> 화려한 장례식은 입에 담지도 못하게 하고
>
> 야트막한 비석도 꺼내지 못하게 한다
> 티끌이 티끌로 돌아가는 것이
> 뭐가 대단하냐고 한다
>
> 꽃과 열매로 나대본 적 없다.
> ─「늘 청정하다는 것은」 부분

시의 소재는 나무지만 이것은 사람의 삶과 죽음을 노래한 시다. 다시 말하면 소나무의 임종에서 겸허하다는 것이 무엇인 가를 배워야 한다는 뜻이다. 동양에는 옛부터 나뭇잎은 떨어져 그 뿌리로 돌아간다는 낙엽귀근(落葉歸根)의 사상이 있는데, 이

시는 그것을 노래한 것이다. 항간에는 인간이 세상을 살아가는 힘은 '욕망'에서 나온다는 말도 있지만, 지나친 욕망은 인간을 파멸의 구렁텅이로 이끌어갈 뿐이다.

세속적인 명예와 금권, 지식 따위가 모두 그 삶을 지탱하고 장식하는데 필요한 것이기는 하나, 죽어서까지 자랑하기 위해 화려한 장례식을 치르고 값비싼 돌로 비석을 세워야 할까? 그런 삶에 비하면 일생을 푸르게 살며 모든 것들에게 휴식의 그늘과 깨끗한 공기를 제공하고, 제 밑에 내려앉은 잎새에 덮여서 생을 마친 소나무야말로 성스럽지 않은가! "꽃과 열매로 나대본 적 없다"는 소나무의 말은 그래서 더욱 값지고 거룩한 것이다.

구름도 안개도 머물러야 하는
해발 천 미터가 넘는 높은 산이
좋아 사는 것은
신선이 되고 싶어서냐고 했더니
그렇지 않다고 했다

다른 나무들 그늘 밑에서
다 쓰다 남은 햇볕을
주워담아 쓰는 것은
절약의 미덕을 보여주려고 하는 것이냐고 했더니
그렇지 않다고 했다

그러면 무엇 때문이냐고 물었더니
자기 태생대로

사는 것뿐이라고 했다.

―「주목의 답변」 전문

  사람은 태어날 때 제 운명을 손 안에 쥐고 태어난다는 말이
있다. 그러므로 갓난아기는 누가 펼세라 주먹을 꼭 쥐고 태어
나며, 우렁찬 고고성을 질러서 자기의 탄생을 알리고 나서야
손을 편다. 해발 천 미터가 넘는 높은 산에서 자생하는 주목도
그러하다. 거센 바람과 추위를 무릅쓰고 꿋꿋하게 사는 이 의
지의 노목에게 불사신같은 신선이 되고 싶어서 그러느냐고 묻
는다면 "그렇지 않다"고 대답할 것이다. 그럼 무엇 때문에 사느
냐고 물었더니 오로지 "태생(胎生)대로 사는 것뿐"이라고 대답
했다는 것이 이 시의 내용이다. '태생'이란 무엇인가? 그것이
바로 아이가 태어날 때 손바닥 안에 쥐고 태어나는 운명일 것
이니, 사람은 모름지기 명대로 살아야 한다는 순명(順命)을 노래
한 것이 이 시다.
  윤여일 시인의 시집에는 이 두 편의 시 말고도 인생에 교훈
이 될만한 시가 많이 들어 있다. 「늙은 소나무의 말」, 「은행나
무에 기대어 서서」, 「느티나무 사랑」, 「침묵과 생명」, 「어느 수
탉 세상」 같은 시가 모두 사람살이를 나무나 새 따위 자연에 의
탁해서 쓴 교훈시인데, 이것은 아마 윤 시인이 교회 목사로서
교인들을 선도하는 위치에 있기 때문일 것이다. 이 중에서 좀
더 현실에 밀착된 시 두 편을 예로 들어보겠다.

  모이를 넉넉하게 주고

끝까지 지켜보았지
처음에는 전운마저 감도는
아귀다툼이 심상치 않았지

조금 있으니
제일 강한 자의 순으로
다 먹고 돌아선다
가장 약한 자가 나중에 남아
평화를 먹는다.
                            —「닭장에 모이를 주며」 부분

　닭장 속에 갇힌 닭들의 삶, 그것은 약육강식의 세계다. 닭은
서로 잡아먹지는 않지만 강한 자가 먹고 돌아서야 약한 자가
먹는다. 이것이 "닭장 속 벼슬나라의 법"인데, 이 서열이 지켜
지지 않으면 닭장 속의 평화는 깨지고 아귀다투는 세상이 된
다. 사람이라면 이런 경우 어떻게 해야 하나? 그 해결 방법을
시인은 앞에서 든 「어느 수탉 세상」에서 이렇게 예시하고 있다.

한더위 복 때
사람들은 서열 1위부터
잡아가기 시작했지
"고놈 참 맛있게 생겼다"
입맛을 다시며……

　이것은 참으로 눈 뜨고 보기 슬픈 장면이지만, 이것이야말로
닭장 속 닭의 이야기만이 아니라 사람이 살아가는 세상에서도

흔히 벌어지는 사건이라는 것이 시인의 관점일 것이다. 그런 뜻에서 이 시는 물질문명과 권력지상주의를 비판한 글일 수도 있겠다.

백화점은 현대의 상업문화가 만들어낸 최상의 편의시설인데, '손님이 왕'이 되는 그 백화점에도 시인은 예리한 문명비판을 가하고 있다.

> 사방을 돌아보면
> 감시 카메라가 쉴새없이
> 찍어대고 있음을 안다
> 손님이 왕인지 도둑인지
> 가려내는 작업이다
> 일단은 주머니에 든 돈을
> 죄의 덩어리로 보고
>
> 그러고 보면
> 숲의 나무가 성자이고
> 숲의 새들이 수도사이지.
>
> —「돈이 도는 풍경화」 부분

2

이제까지 인용한 시를 읽어보면 윤여일 시인은 자연친화적이다 못해서 현대사회의 물질문명을 강력히 부정하는 것처럼 보인다. 그러나 좀더 자세히 읽어보면 반드시 그런 것이 아니다. 오늘을 사는 사람이라면 그 누군들 자본주의적 도시문명을 완전히 거부할 수 있겠는가. 예컨대 『숲의 생활(Walden)』을 쓴 19세기 미국의 작가 소로(H.D. Thoreau, 1817-1862)도 그가 20세기 한국에서 태어났다면 결코 그런 체험을 하기 어렵고 그런 글을 쓸 수도 없었을 것이다. 현대인은 아마존 밀림에 사는 인디오가 아니기 때문이다. 현대인은 어쩔 수 없이 백화점이 있고, 학교와 병원이 있고, 각종 교통시설이 갖추어진 곳에서 살 수밖에 없는데, 그 해결책을 목사이기도 한 시인은 멧비둘기의 이야기 속에서 이렇게 노래하고 있다.

> 비둘기 부부가 집을 짓고 있네
> 아내는 나뭇가지를 날라오고
> 남편은 얼기설기 얽어서 집을 짓네
> ―(4행 생략)―
> 지붕이 무슨 필요하나
> 유리문이 무슨 필요가 있나
> 둘이 앉아서 사방이 잘 보이면 됐지
>
> 나는 바라보았지
> 그들의 천국이 지어지는 것을.
>
> ―「집짓기」 부분

　말하자면 오늘같이 복잡하고 수많은 욕망이 들끓는 사회에서 살아가려면 무엇보다도 가정의 화목과 협동이 중요하며, 지나친 욕심을 부리지 말고 검소하고 청결하게 살아야 한다고 주장한다. 이와같은 청빈한 삶이 말처럼 쉬운 일은 아니지만, 그래야만 온갖 유혹과 파멸이 도사리고 있는 속세에서 올곧고 안

전하게 보금자리를 이룰 수 있다고 말한다.

  이제 제3부에는 멧비둘기 연작 외에도 기름매미, 뻐꾸기와 개개비, 까마귀의 생태를 조심스럽게 관찰해 두었다가 시로 쓴 파브르의 박물지 같은 작품이 여러 편 들어있다. 그리고 이것은 제4부 '썩은 고목나무 이야기'까지 이어져서 부전나비, 황모시나비를 비롯한 수많은 나비들의 이야기로 이어지는데, 그 모두가 세밀한 관찰에서 생겨난 글이어서 읽는 사람을 미소짓게 한다. 그 중의 하나 '산푸른부전나비'의 이야기를 쓴 작품을 읽어보자.

> 봄소식 집배원 아저씨
> 쪽빛보다 더 짙은
> 새파란 우편랑 메고서
> 연신 봄소식 나르기에 신바람났네
>
> 남정네들 봄소식 받고
> 솥뚜껑 들어다 냇가에 건 화덕에 얹고
> 불 지핀다 하며 어수선스럽네
> 아낙네들은 솥뚜껑 뒤집어
> 참기름 휘휘 두르고
> 화전을 지지느라 수선스럽네
> 둘러선 사람들의 코는 벌름벌름하고
>
> 들판에서는 새파란 우편랑만 보고도
> 연초록 새싹들이 산들거리네.
>
> —「봄소식 집배원 덕분에」 전문

나비는 봄을 날라다주는 계절의 전령이다. 그 산푸른부전나비가 봄소식을 전해주는 집배원 아저씨처럼 새파란 우편랑을 메고 날아온다는 것이 이 시의 주제인데, 이렇게 봄이 오면 남자와 여자들이 냇가에 솥뚜껑을 걸어놓고 화전놀이를 하는 모습이 한 편의 풍속화처럼 묘사되어 있다.

이렇게 윤여일 시인의 자연시는 새나 곤충 따위 자연 속에 사는 생명체를 꾸밈없이 노래한 것이지만, 자세히 읽어보면 그것들이 모두 인간의 살아가는 모습처럼 보인다는 데 묘미가 있다. 인간은 새나 곤충을 작고 보잘것없는 물건이란 뜻으로 '미물'이라고 부르지만, 오히려 그 작은 생명체 속에 오늘과 같은 물질문명과 온갖 공해 속에서 살아가는 사람들은 배우는 바가 있어야 할 것이다.

3

이렇게 자연 속에서 살아가는 귀중한 생명체 이야기를 하다 보니 시인의 또 하나의 본업인 목회자의 기쁨과 고뇌에 대해서는 눈돌릴 사이가 없었다. 그래서 이제야 그쪽으로 붓을 옮기려니 이 시집의 제일 끝장 제5부에 그런 시들이 모아져 있음을 알았다. 그 중에서 영혼의 소리를 들으려고 시도하다가 막혀버린 안타까움을 노래한 시 한 편을 들어본다.

새벽 네 시경
낙엽 밟는 소리에

새벽별들
귀를 쫑긋하게 세운다
깜짝 놀라 내려다본다

드르륵 미닫이문 여는 소리에
기도실의 적막이 깨졌다
무릎을 꿇고 기도하려는데
잡된 욕심의 소리가
먼저 자리를 잡는다
과연 욕심은 동작이 빠르다

내 영혼의 소리는
뒷전에서 벙어리가 되었겠지.
　　　　　　　　　—「가을 새벽을 깨우는 소리」 전문

　성경에는 "남이 보는 앞에서 남에게 보이려고 기도하지 말라"는 말이 있다. 그러나 이렇게 기도하려면 자기 혼자 사는 골방에서 기도드리는 수밖에 없는데, 오늘같은 세상에서는 그것조차 쉬운 일이 아니다. 은둔자처럼 깊은 산속으로 들어가거나 동굴 속에 숨지 않는 한 현대의 가옥 구조는 모두 보이도록 개방되어 있다. 드르륵 미닫이문 여는 소리에도 경건한 적막이 깨지는 기도실. 그렇게 되면 "내 영혼의 소리는 / 뒷전에서 벙어리가" 된다. 왜냐하면 잡된 욕심의 소리가 먼저 와서 자리잡기 때문이다. 아우그스티누스는 이런 경우를 염려했기 때문인지 다음과 같은 경구를 남겼다. "밖으로 나가지 말아라. 네 자신으로 돌아가라. 네 안의 사람에게만이 진리가 깃든다."

그러나 이렇게 마음을 먹었더라도 이 세상에는 얼마나 훼방꾼이 많은가? 목사이기도 한 윤여일 시인이 마음놓고 기도할 수 있는 곳을 찾아서 경북 하양에 있는 무학산 산장을 찾아갔을 때 쓴 시 속에도 기도자의 고뇌가 피로 그리듯이 새겨져 있다.

친구가 가끔 쓴다는 무학산 중턱
빈 초소같은 방문을 열자
한기가 내 몸을 거부했다

어제의 악몽같은 일을 떨쳐내려면
이쯤이야 하고 밀고 들어갔다
무릎을 꿇고 납작 방바닥에 엎드려
주님, 주님만 부르짖었다
무슨 할 말도 나오질 않았다

잠깐 잠이 들었다가 깼 때는
새벽 두 시 이십 분
한 시간 남짓 눈을 붙였을까?
앞으로 일어날 악몽같은 후폭풍이
내 마음을 찢고 부수고 때리고 무너뜨리고
해일을 만난 배가 부서지는 것 같았다.
　　　　　　　　　　　　　—「천 년보다 길었던 밤」 부분

나로서는 그가 왜 이런 악몽을 꾸었는지 원인을 모른다. 그러나 이것이 지팡이 짚고 남 앞에 서서 걸어가야 하는 자의 시련이요 고뇌임을 알고 있다. 앞서 가는 자는 뒤를 돌아보면 안 된다. 어둠 속에 낭떠러지가 있기 때문이다. 비록 새벽을 기다리는 시간이 천년보다 길더라도 선도자는 말없이 걸어가야 한다. 뒤따라 오는 자들을 위하여. 윤여일 목사의 이 외로운 길에 머지않아 서광이 비치기를 빈다. 그리고 시인 윤여일의 문학적인 앞날에도—.

◆ 윤여일

1946년 8월 6일(음) 조치원에서 태어나 30여년간 사는 동안에 대동초등학교,
조치원중학교, 충남고등학교, 청주대학교 상학과를 나왔다. 서울에서 10여년간 사는
동안에 회사원과 상무이사도 해보고 사업실패자가 되어 행상도 한 경험이 있다.
1983년에 감리교 신학대학원에 들어가서 1986년에 졸업한 덕분으로 홍성에 있는
동성교회에서 4년 넘게 강화에 있는 창리교회에서 5년 넘게 지금은 연천에서
12년 넘게 정들어 목회하고 있으며 지금은 상리감리교회 담임목사로 있다.
경희대학교 사회교육원 문예 창작반에서 나호열 선생님의 지도로 공부하였고,
조안석 선생님의 지도로 서양화를 배워
대한민국 기독교 미술 대전에서 입선도 하는 기쁨을 맛보았다.
오래전에 선주선 선생님의 서예지도를 받았다.
2003년에 문예비전에서 시인으로 등단하여 한국문인협회 회원, 연천문인협회 회원,
문비문학회원, 한맥문학가협회 회원으로 어울려 글을 쓰고 있다.
자연을 벗삼아 스승삼아 마음에 와 닿는 울림을
시 항아리에 담으려고 늘 애쓰며 산다.

은행나무 거목 옆에 서서

초판인쇄 2007년 9월 10일
초판발행 2007년 9월 20일
재판발행 2007년 10월 10일
3판발행 2007년 10월 25일

지은이 / 윤여일
펴낸이 / 연규석
펴낸곳 / 도서출판 고글

서울시 용산구 한강로2가 144-2
등록 / 1990년 11월 7일(제302-000049호)
전화 / (02)794-4490 · (031)873-7077

＊ 잘못된 책은 판매처에서 교환해 드립니다.

값 9,500원